안녕은 무한리필

안녕은 무한리필

함께 쓴 퀼트 시

한국문인협회 칠곡지부 시창작아카데미 지음

한티재

차 례

말의 무늬, 그 조각을 잇다

코로나 19라는 암울한 시기를 온몸으로 체험한 시인들은 어떤 형태와 부피와 밀도로 이 시대를 노래하고 있을까요?

칠곡문협 시창작아카데미 수료생들은 몇 달째 대면조차 할 수 없는 절망 속에서 희망의 메시지를 찾아보기로 했습니다. 한 땀 한 땀 자신만의 색깔로 조각보를 만들듯 손 전화기에서 함께 시를 만들어 갔습니다. 이번 시들은 여러 사람이 언어를 이어 가는 놀이를 하면서 장난처럼 우리 곁에 왔습니다. 그것은 새로운 소통의 시도였습니다.

형식에 얽매이지 않으면서 힘을 빼고 마음껏 상상의 날개를 펼치다 보니 어느새 글쓰기는 즐거운 여행으로 다가왔습니다. 시간과 공간을 뛰어넘어 펼치는 표현의 즐거움과 새로움의 이적…. 우리는 이 글을 '퀼트 시'로 부르기로 했습니다.

씨줄 날줄 말의 무늬로 쓴 이 시에는 한 사람 한 사람의 존재론적 소망과 자유의지가 담겨 있을지도 모릅니다. 앞으로도 우리들의 시 쓰기는 긍정과 풍성한 상상으로 절망 속에서도 희망의 삶을 풍요롭게 생성해 나가는 작업이 되기를 기대해 봅니다.

한국문인협회 칠곡지부 지부장 이혁순

한국문인협회 칠곡지부 시창작아카데미 '퀼트 시' 공동 작품 참여자

김수상·김성경·김점례·김정배·류창현·박신유·박진태·송옥순·옥명선·이광수·이성원·이진희·이용순·이우재·이혁순·최미성·황정혜

1부

누가 물의 옷을 짜고 있나

연못에는 물비늘이 일고
누가 물의 옷을 짜고 있나
햇살 한 올 달빛 한 올
지나가던 바람도
대각선으로 불고
한 줌 햇살을 뿌려 놓는다
결대로 그려지는 한 필의 의지
물결은 흐르지 않고도 견딘다는 것
그 물결 니트 밑단을
종달새 자근자근 밟아 주면
찰랑거리는 연꽃의 향기
영겁의 시간이 찰나로 흩어지고
흩어진 모든 것들이
분자마다 결을 이루어
반짝이다가 사라지곤 한다

숲은 비밀이

숲은 그냥 보면 비밀이 많을 것 같죠
맨발로 들어가 보았어요
미끄럽고 축축하고 까칠해요
숲의 피부는 민달팽이 같아요
앗! 배추에 따라나선 그 민달팽이 말이죠
숲은 초록에만 있지 않죠
어디가 미끄럽던가요
빗물을 밟지 말아요
여기는 삶의 현장이에요

강가 왕버들 가지에

강가 왕버들 가지에
하이얀 손수건이 걸렸어요
이번 장마가 남기고 갔나 봐요
저것은 수면의 영역 표시
이제 막 울음을 그친 사자 같아요
심장의 소리만 쿨렁쿨렁 흘러요
잔인한 포효 끝에는 정적이 매달려 있어요

안녕은 무한리필

안녕하신가요?
누구든 가져가세요
안녕은 무한리필입니다
헤픈 사랑, 팔월의 땡볕 아래
아이스크림처럼 녹아내리고
네모난 기계에 독수리만 멍이 들어요
멍은 충격에 대한 의지죠
온다는 예고도 없이 태풍이 불었어요
상처가 널브러진 곳에서 나오는 한숨이
내일의 안부를 전해요

무지개 위에 걸터앉아

태풍도 강물의 먹이가 되죠
인정도 사정도 없는 저 물의 아가리
구겨진 다리 위로
오색 무지개가 걸릴 거예요
무지개 위에 걸터앉아
아이스크림을 핥는 눈표범
시간 여행을 떠나요
적도에서 딴 야자열매와 참치도 데려와요
십 년 전으로

가을 여행

버스를 타고 가을 여행을 가요
간 만큼 길은 뒷걸음질만 쳐요
길은 가만히 있고 나만 달려요
질주하는 가을이 코스모스 어깨에
팔을 척 걸쳐요
코스모스가 휘청거려요
어지러운 세상이에요

웃어요, 사진을 찍어요
도라꾸도 타고 달구지도 탔던
동심으로 돌아가요
실눈 뜨고 구름을 잡아 보아요
둥실둥실 부드럽고 포근해요
비우는 가을바람 속에서
채워지는 여행이에요

가을엔 편지를

가을엔 편지를 쓰고 싶어요
그냥 같이 놀러 가자고요
시인의 마을로 가고 싶어요
그곳엔 하늘거리는 연기 냄새와
꽃들의 웃음이 수북하잖아요

낙엽을 빌려 계곡물 따라
떠내려온 안부를 건져 읽다가
당신 마음에도 아직 내가 있을까 궁금해
조약돌 퐁당 당신 마음 두드려 봅니다
보고 싶다는 말을 소리쳐 보아도
가을만 있고 그 사람은 없어요

가을엔 편지를 쓰고 싶어요
그 시절 그때로 놀러 가자고요
당신의 마음으로 가고 싶어요
향기와 웃음이 간직된 그곳으로

횡하니 부는 찬바람에 앙상한 가지들
엄동설한을 기다리며 날밤을 새우고 있네요
몸을 뒤채고 찢긴 가랑잎들이
소리 내며 자리를 바꿔요
가지에 맺은 정이 발목을 붙잡아요

차가운 회색 하늘 돌돌 말아서

가을이 깊어지는 이유는
허무와 마주친 온도예요
어제보다 날씨가 차가워요
따뜻한 곳으로 마음을 옮기고 싶어요
눈을 털어 내며
난롯가 곁불이라도 쬐고 싶어요
군밤 태울 것을 생각하니
그리 길진 않겠어요

가끔은 하늘도 보겠지요
어제 본 하늘가엔 초승달 가냘프게 웃고
별은 저만큼에서 신호를 보내고 있어요
밤은 익고 또 깊어지고
난롯불 타닥타닥 허무는 태워 버리고
별을 바라보며 마음은 신발을 신고 있네요

배부르게 먹은 세월이 독이 되어
숟가락을 빼앗아 가려나 봐요

앙상한 겨울을 지나

진달래 피는 남쪽으로 달려가고 싶어요

그때까지

차가운 회색 하늘 돌돌 말아서 품어 봐요

하늘도 공휴일처럼

토요일은 노동이 없는 주말이죠
하늘도 공휴일처럼 비어 있어요
문득 살아 있는 듯 길에 말라붙어
죽은 뱀이 떠올라요
겨울잠을 준비하려는 욕구가 넘쳤나 봐요
슬그머니 핑크뮬리와 코스모스와
갈대밭 사이로 숨었어요
블루 끝을 꽉 채운 가을
농익은 것들로부터 점도 높은 주스로 갈아 마셔요
가려운 곳을 긁어요
비늘 사이로 날개가 돋으려나 봐요
노동을 벗어 버린 나무들
단풍 옷 한 벌씩 걸치고
땅끝에서 연락선을 기다리고 있네요
단풍 옷마저 벗어 보내면
안식의 순간이 다가와요
홀가분히 깊은 잠에 빠져들 거예요

눈여겨보았던 땡감이

감홍시 풍만한 가슴에 입술로 애무를 해요
말랑말랑 달콤한 속살이 터질락 말락 애를 태워요
수위 조절을 해야 할 만큼 달콤하네요
군침을 거두어요
누구에게 허락할지는 홍시의 마음이에요
그윽하게 매일 바라보며 눈도장을 찍어요
그 마음 얻기 위해
낡은 선술집에서 홍도를 끄집어내요
반시는 뭇 사내에게 팔고
홍시는 서방님께 상납해요
술 취한 밤의 입술로 붉은 가슴을 지울 수 없지요
사랑은 위장술일 뿐이에요

새벽이 어둠 속에서

새벽이 어둠 속에서 걸어 나와요
하루의 시작도 생계이므로
잘살아 보자고 만물을 깨워요
희망이 반짝이며 걸어오고 있는데
당신은 왜 숨어 있는 근심만 애써 찾으시나요
손끝이 빈 수레의 핸들에 쩍쩍 달라붙어
서리 내린 파스처럼 아프기만 해요
새벽 인력시장 모닥불도 꺼지고
박 씨는 오늘도 그냥 돌아가네요
택배로 물건을 주문하는 건
비닐 뽁뽁이를 터뜨리고 싶어서죠
택배 기사 과로사 뉴스가 내 귓가를 맴돌고
저녁엔 고구마랑 무쇠 밥솥이랑
우체국 택배에 맡기러 가요
스스로 힘을 내 봐요
그리고 우뚝 일어서세요
핑크뮬리의 아름다움을 보려면
햇살에 비친 모습만 보아요

돌아서 칙칙한 머릿결 풀어 헤친

그녀를 보진 마세요

오후가 바라본 저녁

친구와 사이좋게 길을 걸어요
어디선가 나는 고약한 냄새
그 냄새 속으로 쑥 들어가면 사라져요
머물다 보면 향기가 나죠
하루에 갇혀도 눈빛은 들판이에요
윙윙 소리 지나면 벼가 누워요
그 소리 향기 속으로 가고파
오후가 저녁을 바라보네요
익숙해지면 손가락 같아요
신발에 따라온 은행나뭇길 냄새도요
점심때 먹은 무릎도 안 까진 염소탕이
어쩔 줄 몰라 화를 불러와요
찡그리면 무엇을 해요
이미 냄새는 지나갔어요
친구랑 둘이서 들녘을 걸으면
코스모스 향기가 함께 따라옵니다
가슴 떨리는 그런 인상이에요

내일은 없다지요

일찍부터 한곳에 머물기를 원했어요
이제 막 그곳에 도착했어요
웬일이죠 저 너머가
다시 궁금해지네요
태동이 멈추고 진통이 시작돼요
온갖 사물들이 아파요
사람 사는 곳이 아닙니다
가시밭길과 뭉텅이 뱀들이
뜬눈으로 새벽을 새는 황천이에요
뱃사공은 졸고 있고
까마귀만 황천을 건너는데
거기서 멈춰요
여기서 천국을 느껴 보아요
뼛속 깊이 장미향에 취해 보아요
내일은 없다지요, 아마도요

로봇, 니가 왜 거기서 나와요

인공지능 로봇은 화내지 않지
정확한 감정의 포인트를 계산하지
보는 이 없어도 척척 할 일을 하는
나를 보는 것 같아
예쁘다가도 애처로워
애처롭다는 말에는 날개가 있어요
나를 사랑하는 마음
한 자락이 산을 넘어가요
사후에 우리의 사랑을 살려 줄지 모르니
조금은 남겨 놓아요
로봇, 니가 왜 거기서 나와요
남은 것조차 가지고 가려고요
어차피 당신은 인공이니까요
운전만 익혀요
우리가 주인이잖아요
가고 싶은 곳만 가면 돼요

11월이 스위치를

11월이 스위치를 눌렀어요
차가움이 환해요
새롭게 탄생한 내가 환하게 불 밝혀요
시간을 온몸으로 이겨 내고
나는 겨울에 기지개를 켭니다
떨어지는 두 빗방울,
서 있는 두 사람,
꽃을 피우려고 솟아오른 두 꽃대예요
황량과 우울한 고독으로
가슴앓이를 하게끔 만들어 놓고
마지막 잎새마저 떨구시렵니까
채도가 하늘을 찌르던 풀들이
작은 잎새 하나 하늘 벽화에 남기고
낮아지는 시간이에요

알면서도 사랑은

그럴 줄 알았어
거울은 내 앞에서 반대로 본다는 것
왼쪽을 오른쪽으로 보여 주죠
왜 그런지 몰라 그래도 꽃 피우며
살아 숨 쉬고 있어
괜찮다고 말할 때
거울이 하는 말을 그대로 믿으면 안 되지
사랑은 이별도 숨기는 콩깍지
전신을 엮어 놓고 사시사철 달콤한 것
후려쳐 갈 때는 야간도주예요
밤새 내린 서리에 폭 삶긴 들판
그럴 줄 알았어
알면서도 사랑은 받아내는 것

꽃 피우면서
거울 앞에 서면서
거울이 하는 말을 믿지
왼쪽이든 오른쪽이든

중요하지 않지
사랑은 이어지는 것
서로의 체취 맡으며 콧구멍 벌름하면서
간지러운 겨드랑이 틈에서 싹을 틔우는 것

휴일의 창문을 열면

일요일엔 무엇을 하시나요
노동을 끄고
리모컨을 잡아요
그리고
덜컹대는 창문을 읽어요

휴일의 창문을 열면
11월의 은행잎은
후둑 후두둑 후두두둑
멈추지 않아요

역 광장에선
인생은 다 그런 거라고
세상살이가 다 그런 거라고
가수의 목소리가 크게 울려요

주일 아침은 곱게 차려입고
주님께 두 손 모아 나아가죠

>

동심초 음률이
채반에 걸린 코로나를
바지랑대 끝에 매달아
말리고 있어요
끝없이 날아오르고 있어요

저기압은 눈구름을 불러

오랜만에 약속을 만들어요
마음이 통했나 봐요
저도 약속을 만들고 싶었는데
하늘만 쳐다보고 있네요
구름이 만든 첫눈이 세상에 도착하면
우리의 약속이 만들어지는 날 그런데
오늘은 날이 너무 따뜻해요
마중만 나갈게요
기다림은 두근두근 설렘
저기압은 눈구름을 불러
설백의 세상을 만들 거예요
그때 번개해요
감전되지 않으려면 코로나 거리를 두어야겠어요
거리를 둔 만큼 상처는 아물겠지요
거리는 약한 자의 변명 같아요

2부

도시락

밥통, 국통, 칸막이 3개 반찬 통
따로 하나 통을 포함해야 도시락이 돼요
보온 물통과 간식 통까지 챙겨야 하니
딸린 식솔이 버거워요
싱거운 놈 매운 놈 찌질이까지
한통속인데도 제각각이네요
식지 않는 엄마의 손맛이 일과를 기다려요
추운 날씨에 국이 식을까 봐
온몸을 싸매요
나는 보온이 친분이에요

꿈을 찾는 청년의 손에
새벽을 나서는 가장의 손에
흔들흔들 길을 나서요

아침에 샤워하고
하얀색 정장으로 진열장에 나갑니다
오늘의 맛탕은 짭짤하게 간이 된 휴대폰입니다

편의점에 누워 먹히기만 기다리다 씹히면

싸늘한 자본의 맛을 내죠

지구

너는 아프냐

나도 아프다

한 열흘쯤 삭제해 주면 안 되겠니

침대 위에 누워서 요양이라도 좀 하게

너희처럼 나도 한번 리셋해 줄 수 없겠니

달이 안 보이는 날은 덜컥 겁이 나

달마저 삼켜 버렸단 누명을 쓸까 봐

일억 육천만 년을 번성하던 공룡들이 사라지니

내 얼굴을 플라스틱으로 뒤덮고 기계로 할퀴네

숨을 쉴 수가 없어

어린 나무의 숨결에 겨우 목숨 부여잡고 있어

날 사랑해 줘, 늦지 않았어

한없이 품고 싶었던 이 마음

이제 돌려주면 안 되겠니

돼지

웃으며 꼬리 치며
아낌없이 다 주었다
죽어서도 웃어 주었다 너희의 제사상 위에서
그런데 겨우 콧구멍에 만 원짜리 한 장이냐
쌍코피 나게 한번 꼽아 봐
어차피 편육이 될 운명이니
몰래 먹는 모습이 우습구나
무게를 달기 전에 당신의 저울을 먼저 쳐다봐
언제나 안쪽으로 눈금이 기울어
마구마구 먹어 대다
'쯧쯧, 저 인간 같은 녀석'이란 말을 들었어
열병에 걸려 백신 맞으려고 병원에 갔는데
살처분한다고 관도 없는 생지옥을 맛보았어
니들도 맛 한번 보아라
한으로 물든 대지의 맛을

코로나

나도 할 말이 있다
너희들은 지구상에서 가장 악랄한 짐승이다
기러기 날개 끝에 매달려 있지만
바람에 익혀 온 내 할 말과
뙤약볕에 익혀 온 내 할 일은 충분했다
휴지를 사재기하는 우매한 인간들아!
명품 플렉스를 외치며 줄 서는 인간들아!
마스크의 핑크빛 자국은 19금의 질투를 더하게 하네
멈추고 싶다
왜 사람들 속에 오게 하고
이렇게 미치게 만들었니
내가 오게 된 건 당신들 탓
남 탓하는 걸 배웠으니 써먹어야지
그러니 호들갑 떨지 마라

강물

그러나 나는 속으로만 흘러
흘깃대는 맘 들키고 싶지 않아
더 많은 햇살이 필요해
주는 만큼 사랑이 빛나지
때론 치솟아 올라 달에게로 흐르는 물기둥이 되고 싶어
인고의 시간을 보냈어
딸린 식솔이 많아
깜깜한 어둠 속을 숨죽이며 흐르고 흘렀어
햇살의 온기가 내 깊이까지 차오르기까지의 시간을
바다로 가려면 낮은 곳으로 흘러야 해
그물에 걸린 쏘가리의 피눈물을 보고 물꼬를 돌린다
되돌아갈 수 없는 물길 위로 핏빛 노을 찐하다
햇살의 손 내밈에 반짝거리지 않는 강물이
강물일 수 있는가

숯

내 마음은 아직 식지 않았어요
꽁꽁 얼어붙은
강물도 내게로 와요
뜨겁게 타오르던 그 밤은 재가 되었지만
닭다리미 타고 시집가요
달그락달그락 시골길을 펴요
불씨 꺼질라, 호호 불며
시커멓게 타다 남은 몸이지만
당신의 뜨거운 점화를 기다릴래요
연둣빛 잎새 살랑이고 환한 꽃 꽃피우던 시절
까만 빛 속에 다 들어 있죠
그러다 점점 진화되었죠
타지 않는 전구처럼
언제든 스위치만 눌러요
재가 되진 않을 거예요
생명은 그렇게 전해지는 거라고
말하고 싶어요
긴 밤을 뭉근하게 감싸요

북

두드려 맞으려고 태어난 건 아니잖아
그냥 말하면 아무도 듣지 않아서
이렇게 크게 우는 소리를 내는지 몰라
살아가면서 나만큼 큰소리치며 사는 놈 나와 봐
다시는 소와 양으로 돌아가지 않을 거야
패 죽이는 천둥의 목젖은 떨지만
동네 고문관으로 사는 게 좋아
너도나도 난타해 늘어난 살갗은
단 한 번의 따스한 손길을 기다려
나의 노래는 나비의 날갯짓,
소란을 잠재우는 고요의 파동
나의 울림은
뜨거운 심장을 관통하는 혁명의 나팔 소리
맞는 게 사는 길이라면
멋지게 한바탕 놀다 갈래

달팽이

느리지 않아요
나만의 템포가 있어요
사랑은 이렇게
같은 궤도로 미끄러져 가는 것

강남의 집값이 천정부지로 올라요
느리게 살아도 집 없는 설움은 없어요
배추 먹으면 배추 똥
당근 먹으면 당근 똥
나의 똥은 거울이에요

비교하지 말아요
세상의 밑바닥 온몸으로 더듬으며
야속한 세월마저
두 배로 사랑할 거예요

애쓰지 않아도 가는 세월
미끌미끌 미끄럼 타면서 살다 보니

살수록 더 좋은 세상

이 편한 세상

구석구석 다 누비며 머무는 곳이

다 내 집이지요

시계

나는 언제나 앞으로 나아가고 있어요
그때에 머물러 있는 당신, 날 믿고 따라와요
같은 길만 날마다 다니는 날
당신은 지루하다고 하셨죠
난 한 걸음을 위해
가슴에 말뚝을 박고 양손엔 비수를 들었어요
어제가 되지 못한 나는
당신과 미래의 추억으로 다시 흐를 거예요
난 언제나 오른쪽으로 돌아요
하루에 두 번은 만날 수 있죠
해님 달님 만나고 나면 은하수도 만난답니다
먼지 나는 골목길에서
잠든 나를 만나더라도 깨우지 마세요
당신의 마음에 집을 짓고 있어요
시, 분, 초를 가지고 우주의 염력을 다스리는 괴물이에요
시간은 내게 머무르지 않아요 사랑처럼요
기쁜 일에는 빨리 가고 싶고
슬픈 일에는 천천히 가고 싶어요

미안해요 한결같아서

건전지를 빼고 멈춰 서서 도란도란 이야기하고

소박한 밥상을 마주하는 꿈을 꾸어요

돌

타고나길 굴러먹은 인생이다
바닥에서 구르고 구르다 부딪히고 멍들어도
나는 괜찮다
조용히 앉아 흙을 다스리니
원조는 나야 나
이제 가만히 누워
나무였던 때를 꽃잎이었던 때를
야생의 물소였던 때를 생각해
내 생의 뿌리가 어디까지 닿았는지 물어보고 싶어
내게 걸려 넘어진 상흔이 꽃으로 피어날 때까지
단단하게 부서져야겠지
나의 긴긴 침묵에서 스며 나오는 물소리 풀벌레 소리
고통의 침묵도 이골이 나서
안으로 안으로만 스며드는 노랫소리
아침마다 찾아오는 태양의 눈빛에 맞아
영롱한 이슬로 부서지고 싶다

첫눈

아이, 추워!
갑자기 떨어졌어요
첫 눈물이 하얀 비가 되어 쌓이는 시간
당신의 첫 발자국을 수줍게 기다려요
마림바의 음률이 오케스트라 연주 속에 도드라져 흐르듯
그대의 발자국 또한 내 가슴에 남겠죠
캐럴이 재즈풍으로 통통 튀어 오르는
작은 찻집 창문가에 기대어
시린 손 호호 불며 성에 낀 유리창 너머
타오르는 불꽃 속으로 빠져들어 가요
다시 겨울이 오면 차갑지만 뜨거운 나를 반겨 줘요
첫눈에 반했던 그대여
햇살이 외박 중이에요
잿빛 하늘의 명령입니다
기다림의 예감을 만나러 왔어요
눈시울이 뜨거워졌다 말라 가는 순간의 시간에
우리 함께 머물러요

꽃바구니

장미, 색색의 아스파라거스, 자홍의 백합과 흰 백합꽃이
내 안에 담뿍 담겨 있다
우주에서 내가 처음 꽃으로 안 코스모스는
첫사랑이 다니는 길가에 그대로 피게 해야 한다
꽃과 꽃 사이 바람과 바람 사이의 거리에는
깜깜한 망각이 존재해
꽃들아, 너는 짧렸어
그러니 시들해지기 전에 빨리 위문을 와야 해
숨이 막혀서 죽겠어
마지막은 쓰레기장에 처박히겠지
화려한 결혼식 테이블에 앉았던
화양연화는 잠깐뿐
적어도 우주를 꺾었으면
예의를 갖춰서 돌려보내야지
처음 내게 온 그 모습 그대로

아! 이제 보니 우주를 모신 거구나
의자 옆자리 꽃바구니 하나

침묵

잠들지 않는 밤의 입술을 꿰매야
바늘귀가 열리는 새벽
들썩이는 마음을 꽉 깨물고
모로 누운 선잠을 깨운다
밤이 새도록 돌아다닌 흔적은 없고
발자국이 쌓인 머리만 무겁다
다 알아 유형의 잔해들
천체망원경으로 밤하늘을 봐야 들려
귀의 말을 받아 적는 새벽
총총히 박힌 암호들
뜬 눈으로 가슴을 앓는 날
수천 개 바늘귀가 찢긴 시대를 깁고 있어
하얀 이 안에 꿈틀대는 혀를 누르면서

사랑

나는 무엇일까요?
물어보고 싶어요
당신의 숨소리가 지구 밖에서도 들려요
앞바퀴와 뒷바퀴가 서로 만나
페달을 밟는 거죠
쿵 작 쿵 작 쿵 자작 쿵 작
스텝을 맞추어서 가요
가벼워져야 하는 건지
묵직한 걸음으로 가야 하는지
종종 박자를 놓칠 때 있어요
옆길로 새지 말고
눈물 보따리 풀어 헤치는 날
초심으로 돌아가요
제 시간을 도려내어
님의 쓸쓸한 시간 곁에
가만히 머무는 거죠
죽어서도 당신에게 보내는 미망입니다
희비는 속삭임이에요

기로에 찬 눈물이랍니다
도깨비바늘에 찔린 허공이
휘청거리고 있습니다

죽음

나는 시간의 눈으로 삶을 꿰뚫어
게걸스럽게 먹어 치운다
먹어도 먹어도 채우지 못한 허기는
적막한 우주의 심장을 겨눈다
한번 오면 다시는 되돌아갈 수 없기에
이 땅은 모두 남의 죽음뿐이지
나의 죽음은 볼 수 없어
이제 그만 살았으면 좋겠어
지겨울 때쯤
잠들 듯 단출하게 와라
날 선택하지도 부정하지도 않았으면 좋겠어
내가 너의 마지막은 아니니까,
나의 끝은 나도 몰라
삶의 옷은 온통 물음표야
인생의 잔상이 빛으로 흐르면
슬픔의 무게에 눌려 미련을 태운다
어디로 데리고 가느냐고 묻지를 마라
뒤돌아보지 않으니 누군지 모를 터

오늘은 나,
내일은 너,
죽거나 죽이거나

술잔

나는 입술과 단짝이에요
그리고는 마음과 통정해요
가끔은 타인의 육체를 탐하기 위한
도구로 전락하여
탐닉의 정상에 머물기도 했어요
개 맹세와 함께 나뒹굴던 시절도 있었어요
낯선 도시의 뒷골목에서 바라보던
시린 달도 뜨겁게 달구었어요
술보다 더 고독한 빈 잔만 주는 당신은
한 번도 나를 마신 적이 없어요
바다를 담았으니 건배해요
코가 삐뚤어지도록
찬란했던 시간들을 보내고
수많은 고해를 침묵으로 채워요

냄비

뜨거운 맛을 위해 나는
더 뜨거워져야 했다
재생할 수 없는 삶의 추억들이 화닥닥 깨어나
벌겋게 달아올라 뚜껑 열렸던 날
숟가락들의 침범에 나를 허락하였던 날
한눈팔다가 새까맣게 태워져
내 몸을 살라 먹기만 하고
너의 잘못이 아니야
나의 게으름 탓이야
아까워서 못 버리고
철수세미로 빡빡 닦아
하나였던 것처럼
서로를 긁어 몸져누운 까만 밑바닥
찌개가 구불구불 비포장을 달린다

거짓말

혼났지만 멈추기 싫어
바다가 사라질 때까지 사랑하겠다는 말은
목숨 건 진실로 보이는구나
목숨은 하나가 아니고
진실은 진실이 아니다

사는 일은 진실과 목숨 사이의 외줄 타기
참말은 거짓말보다 무거워
외줄에서 떨어지기 쉬운 법
그러나 진실은 귀를 닫고
먼발치에서 불안한 눈동자만 굴릴 뿐
망나니의 칼춤을 말리지 않는다
거짓은 거짓을 낳을 뿐이니까

도시의 불빛들이 휘청거린다
모두가 내가 걸어 놓은 간판이다
두 바위를 꿰매서
조릿대냐 산죽이냐 따지니

오죽이라고 할 수밖에
오늘 내가 한 거짓말은 몇 번이었나 세어 보는 저녁
끝이 안 보이는 거짓말의 거짓말

산

이마에 철탑을 박고 있다
허락도 받지 않고
불법으로 자행한 너는
잎 하나 피우지 못하고
죽은 가지로 평생을 살 것이다
병원에서 수술했어
심장과 등에 박힌 녹물을 뽑고
그 자리에 요양원을 심었지
무의미를 길어 올리는 시시포스 바위처럼
평생을 오르내리다가
한 줌 흙으로 산이 될 집을 지었지
내 허리에서 구름 피어오를 때
물길 따라 꽃잎 떠내려가고
피라미 떼 올라오네
저녁노을 곱게 물들다 어둠에 잡히면
내 몸의 상처 보이지 않아
나는 날마다 한 움큼씩 머리카락 흘리며
앙상하게 여위어 가고 있어

하늘에 쳐진 줄 따라 너와 나의 마음 흘러가고
스낵 같은 나뭇잎 바스락
그 사이를 걷네

구석

어둠이 가장 먼저 오고
빛은 가장 늦게 와요
겨드랑이의 아늑함을 드릴게요
모서리의 말을 들어 보세요
그늘에 주소를 둔 나에게 오려면
당신의 그림자보다 작아져야 해요
추악함은 나의 기생충이에요
거미는 하루 종일 올가미만 생각하겠죠
창백한 햇빛이 발을 빼내고 있어요
무대 위에 있으면 관객이 보이지 않듯
마음속에 있으면 마음이 보이지 않아
푸줏간에 걸린 겨울 한나절
뭉텅 베어 먹고 낮잠이 들어 봐요
늘 일상이죠
로봇 청소기도 왔다 갔지만
밀려나는 것들을 저축해요
어디서 굴러먹다 왔는지 깊이 안기네요
애먹일지 크게 될지는 품어 봐야 알아요

막다른 길에서 되돌아서면
새로운 시작이 열려요
그곳에서 우리 만나요

혀
코로나 시대를 살며

삼시에만 열리는 감옥 안에서
끈질기게 살아남았어요
밥만 먹고 살 수는 없잖아요
욕망의 끈도 놓지 않아요
목젖이 떨리는 소리로
쇠창살은 씹지 말아요
킹크랩이 들어올 때까지
나는 유동하는 해초예요
눕고 궁그르며 놀다가
바위도 쓰다듬어 보죠

말은 썰물 음식은 밀물이죠
함부로 버리면 쓰레기죠
존재의 뿌리를 통째로 흔들어요
온 세상으로 통하는 회로가 숨어 있어요
짜릿하게 흐르는 양극의 전압은 조금 낮추어 주세요
선로를 벗어나기 쉬운 나의 독설은
부드러운 당신의 입술이 필요해요

세 치 앞을 몰라 재갈 대신 채운 마스크도

이제는 벗고 싶어요

불

나는 그대 목구멍을 튀어나온 심장,
새빨간 춤을 추는 심장이죠
말라비틀어진 마음에는 더 옮겨붙지 않고요
닭발이나 족발과 더 어울리게 되었어요

천장에서 물이 뚝뚝 떨어지는데
심장은 왜 불난다고 하는지 모르겠어요
비에 젖은 나를 애처롭게 바라보는 당신
그대의 부드러운 입김이 필요해요

천둥 번개 벼락과 같이
카지노에서 도박했어요
물 흙바람까지 싹쓸이하고
남는 건 석양에 걸어 놓을 거예요

마른풀과 장작더미에 살지 못해요
원하면 모두 죽어야 하니까

성공 사랑 욕망의 집에서 어서 오라

나를 끌어당겨요

하늘에 퍼진 주황빛에 부욱 성냥을 그어요

훠이 모두 살라 버려라 살라 버려라

새해를 힘껏 당겨요

침대

그대 숨소리에 고요함을 드릴게요

옷끈을 풀었나요

불을 껐나요

어서 내게 드세요

밤새 당신이 움직이는 대로 찍어 내는 쿠션은

어둠 속에 그리는 두꺼운 그림자

툰드라의 침엽수 아래 절뚝거리며 걸어가는

순록의 마지막 한숨을 거두어 덮는 고요한 손길

솟아날 줄 모르는 지옥에 빠져 버둥거리는

일개미의 목소리가 굳어가는 현장

내 등허리는 당신의 바닥

새로운 박명을 위하여

늘 닳아야 하는 동토

뜨겁게 날고 싶은 마음을 다 새해라 부르죠

일출 사진 속에 박제된 새해가 말라 가고 있어요
마른 꽃가지에 지난 시간의 흔적을 남겨 놓았지요
괜히 후회하며 잘라 내진 마세요
따지고 보면 일상인데
잡으려는 안달은
멈추지 않아요 그냥 붙여 놔요
술 탄 듯 사라진 금주의 다짐을 끌고 옵니다
겨울잠에 빠진 만보는 새봄에 깨우려 해요
정초부터 세월이 녹슬까 걱정이네요
새해는 아직 50억 년 남았습니다
전날의 고드름, 그 끝에서
더 길어진 새해 첫날의 고드름입니다
새해는 어둠을 헤치고
약속된 봄을 만나러 갑니다
사람들은 꿈의 시간표를 다시 그려요
겨울잠 자던 새싹은 그 꿈을 엿보아요

겨울은 야생화처럼

겨울은 야생화처럼 웃고 있다
담요 아래 맞잡은 손,
손금은 요동치는 물길로 변한다
칩거를 게올리하지 않아
더운 계절의 기억들이
펑펑 내리는 저녁
외출한 벙어리장갑에 남은 온기로
얼어붙은 계절의 침묵을 그린다
창그랑, 창그랑 얼음 조각들 부딪치는 소리를 꺼내어
귀걸이로 드리웠어
먼 곳에서 들려오는 미끄럼 타는 소리에
밤새 불 밝히며 서성거리는 마음 자국
철 모르고 솟아오른 꽃대를 무작정 따라간 꽃망울 같아
혼자일 때 피지 않도록 자주 기웃거린다

좋아지고 싶어서

좋아지고 싶어서
햇살 들어오는 창가에 시력표를 붙여요
조금씩 비어 있는 틈에
내 안에 남아 있는 정열을 쏘아 보네요
마스크 안에 저장된 언어들이 코로 나오네요
눈밭에 누워 쏟아지는 눈송이를 보면
심장박동 소리도 하얘지겠죠
역 근처에 살면 철로 옆 자갈돌 위에 누워
불꽃놀이를 볼 수 있었죠
눈밭에 누우니 별이 막 쏟아지네요
나는 저 멀고 먼 우주 끝에서 온 작은 아이
유치찬란입니다
눈사람 만들던 기억 속의 아이는
세월이 갈수록 더 선명해져서
서럽지 않아요

거울의 말

나를 보고 울고 있는 너에게
어떤 위로의 말도 해 줄 수가 없네요
당신의 눈물로 이 몸을 천천히 닦아 주세요
나는 당신의 얼굴이에요
보고 있는 당신만 있어요
내 속에 비친 모습도 당신이 만들어 낸 환상일 뿐
삐뚤어진 눈썹과 입꼬리를
고쳐 주는 그것이 임무예요
과거도 미래도 없는
현재의 충실한 충고지요
입을 크게 벌려 봐요
목젖 밑에 가시가 박혔어요
형태만 알고 내면은 몰라요
나를 들여다보는 가짜들의 세상은
소음과 광란으로 뒤집혀 있어요
누구를 볼까요
어디를 비추어 볼까요

아름다운 여행으로 나아가요

이 답답한 세상에 꿈이라도 없다면 어떻게 살아갈까요
일어나 숨 쉬고 먹고 웃으며 일터로 가요
돈 꾸러 가는 길은 아니니 이 얼마나 행복한 모험인가요
도레미파솔라시도
저마다의 음계로 걸어요
반음 올리고 반음 내릴 때
그때가 중요해요
당신과 내가 하나의 꿈으로 만날 수 있다면
홀로 떠난 겨울 원행은 멀지 않을 것입니다

다리橋의 말

나를 밟고 가셔요
이쪽도 저쪽도 아닌 중간에 버려져
당신의 발자국 소리가 기다려져요
세기의 순애보를 늘 지켜보았지만
양다리는 조심하세요
때로는 여기저기 기웃거리다 환청에 빠져
늙은 소나무 울음소리가 귓전을 울릴 겁니다
우리의 조물주는 인간입니다
등과 배는 양면이죠
하늘과 땅 차이예요
나는 등허리를 섬기죠
삶 위에서 더러워진
모든 바퀴와
발자국만 등에 업어요
산내들 강바다 구름도
뒷집 갑분이도
소달구지 헛기침에 욱신거리는 종아리도요
오래전 아주 오래전엔

연인들이 만나는 장소이기도 했죠
예술이 건너간 곳이기도 하죠
밤새 쩡쩡거리며 강 이쪽과 저쪽을 결박한
얼음의 굽은 등허리가
당신의 발자국을 기다리고 있네요
두고 온 가족 한 발짝 한 발짝 걸어오면
물길 반짝이며 다시 흘러요

하얀 계곡에 악보를 걸고

쪼, 죠르르르, 울새가
시냇물처럼 말했어요
나는 산이고 나무이고 바위이고 냇물이고 벌레라고
피조물이자 창조자라고 노래했어요
얇은 파란 하늘에
지우지 못한 그리움이 낮달로 떠 있어요
하얀 계곡에 악보를 걸고
통나무 건반을 튕겨요
혹시나 님이시거든 꽁지깃 흔들어 봐요
한 번도 돌아보지 않는 나그네새의 꼬리는 뒤에 있잖
아요

뒷모습

표정을 읽어 봐요
눈, 코, 입이 전부는 아니지요
시간의 중력에 굽어진 각도는
아무리 기지개를 켜도 다시 펴지지 않아요
칠십 년을 한지를 만들었다는 한지 장인의 뒷모습도
팔 남매를 등에 져야 했던 삶의 선물도 휘어짐이었는데
햇살의 깊이가 한 뼘보다 더 깊어진
플라타너스 숲길을 걸어가고 있어요
인생의 뒤안길은 하나씩 매달린
현실의 무게에 비례한다면 정녕
돌이킬 수 없는 적막만 눈물을 훔치고 있어요
우리의 길은 멈추지 않아요
해가 비치는 길을 향해 걸어요
숨 쉬는 일 말고 할 일은 없어도
걱정과 불안은 바빠요
반듯하게 누워도 캄캄해 올 땐
모로 누워 생각을 떠올려요
돌아볼 때가 더 환해지도록

코로나 시대의 설 풍경

설은 다가오는데
음식은 얼마큼 해야 할지
까치는 알까
명절 오고 감도 습관인데
한 번 빠지니 게으름이 가기 싫다 한다
늘어진 가죽을 한 번 다려 줘야 할 것만 같은
늙은 시어머니의 큰 손은 줄어들 줄 모르고
장바구니 수레 바쁘다
노란 엿에 엉겨 붙은 강정이랑
쫀득한 수수 부꾸미도 해야지
특별한 날은 싫다
평범한 일상이 가장
맑은 날이다
가지 못하는 자식도
오라 못 하는 어버이도
벙어리 냉가슴
황톳집 방앗간 떡가래가
말라비틀어졌다

걸린 것이 올해는 함정이고
5인 이하이면 꼬랑지 하나 건질까?
바구니에 담긴 사는 풍경 한가득 날개를 달았다

겨울 바다

하얗게 부서지며 여위어 가고 있어
두고 간 손수건 한 장
모래톱에 찍힌 발자국
찍혀진 얼굴로 드러나는 모습
눈 감으면 더 선연해
낯가림 없는 갈매기의 새우깡 부스러기도
가루가 될 그와의 추억도
모두 조각내어 나에게 던지렴
미미한 가루와 감정의 부산물을 먹고도
나는 봄을 키운단다
추억은 몇 번이나 보고픔을 어긴 걸까
개처럼 물어뜯는 파도의 아가리가 거품을 문다
하얀 포말을 뱉어 내며
구르는 몽돌 소리 천년의 세월을 삼키고 있어요

어디쯤

나는 지금 어디쯤 가고 있을까
수많은 직선과 곡선을 밟고 오르내리며
엑스는 안 돼! 동그라미 속에 갇히고 싶어
아등바등 달려 봤지만
애저녁에 테두리도 못 가서 지쳐 버렸지
허리까지 차는 시궁창 길
걸으면서도 꽃향기도 맡고 고개 들어 별도 보지
어둠이 내리는 정류장에서
오지 않는 차를 기다리며
목청껏 노래도 불러 보았지
아무도 오지 않을 때
빛이 나기도 했지
"오늘 볼까요?"
말 걸어 주는 친구가 그리운 오후
청바지를 널어놓은 마음은
회색빛에 잠긴다
기다리는 사람은 오지 않고
블랙홀 같은 저녁만 몰려온다

소식

대지를 찢고
움트는 소식 한 자락
잔인한 희망을 거세한다
훈훈한 숨결을 토하는 여린 봄은
튤립의 구근에 붉은색을 칠하고
연분홍 치마를 단정히 여미고 있다
3월에 시작되는 학기 준비로
학생들 마음이 수선거리고
올해는 친구들과 소풍도 가고
축구도 마음 놓고 할 수 있겠지!
빨간 우편함이 되어 기다린다

봄비

지붕 위에 쌓인 겨울이 낙수로 흐른다
겨울이 죽어야 봄이 탄생하듯
움츠림을 털고 겹쳐 있는 한동안을 버리자
먼 곳 폭설에도 가슴은 덜컹거리는데
봄이 오는 소리 요란도 하다
우산 잡은 손은 시리고
오리털 벗지 못했지만
작년 매화 향기 코끝에 맴돈다
지나간 연속극 다시 보기 하듯
지난 계절도 다시 온다면
꽃비 맞으며 스칠 듯 말 듯했던
너의 두 손을 살포시 잡아 보련다
집 나간 탕아처럼 삼베옷 한 벌로
겨울바람에 맞서 적멸 송을 읊조리던 너
근심으로 데워 놓은 아랫목에 핀 매화꽃
맨발로 눈물을 닦는다

아침

까치 소리에 눈을 뜬다
닫힌 창으로 햇살이 걸어온다
낡은 주름 사이에 낀 햇살이 반가워
한 움큼 햇살은 이마에 붙이고
한 움큼 햇살은 호주머니에 넣고
한 움큼 햇살은 꿀꺽 삼켜
심장이 두근댈 때마다 함께 두근대게 한다
누가 감히 이 절묘한
해와 달을 탐하지 않으리
하루는 거칠고 험해도
눈뜨면 찬란한 나의 스승이다
당연한 것이 아름다운 시간
빛나고 눈부시지 않아야 오래간다
한낮을 기다리는 아침이여

꽃을 보면서

아무도 나를 기억하지 않을 때
조용히 나의 창문을 두드린다
추억은 자동으로 열리고
어린 시절 들판은 단골이라 늘 쉬어 간다
씨앗의 모습은 기억하지 못해도,
향기는 나의 단전까지 파고든다
단단한 무엇이 깊숙이 맺힐 때
씨앗으로나마 심기고 싶었다
아무 데나 버려져도
정체성을 잃지 않아서 좋다
출가해서 너만큼만 살아라, 어쩌면 나도
지구 위에 심겨진 한 포기의 잡초다
긴 칩거 마치고 돋보기 속에서 잠시 졸다가
음질이 좋지 않은 카세트 언덕 위에서
현란하게 춤을 춘다
꽃을 보는 것은
골똘히 꽃을 보는 것은
꽃이 우리를 사랑하기 때문이다

확진자

팔자가 바뀌든지 혹은 망한다
백만 분의 일 천만 분의 일이라도
걸리면 함정이다
나만 아니면 돼, 하고
사우나도 다니고 헬스도 다니며
거리 두기에 처방전을 받아도
복용하지 않는 사람들이 늘어 간다
언제나 큰일은 내 일이 아니었다
점점 좁혀져 오는 그림자에 놀라기도 했지만
꿋꿋하게 나들이 대열에 뒤섞인 날
죄책감과 합리화의 이론들이 뒤엉켜
마치 불륜을 들킨 것 같은 커플처럼
허구의 낙인을 피해 마스크 뒤로 나를 숨긴다

휴지

아무도 없는 텅 빈 속
꽃인 양 말라가다
흐르는 눈물을 닦는다
너와 나의 사랑의 흔적을 지운다
바스락거리는 화석이 되어
수천 년 기억의 물길로 흐르다 독배를 든
어느 위대한 철학자의 각혈을 닦는다
돌아오는 것은 푸대접에 홀대밖에 없었지만
적어도 누군가에게 폐를 끼치고 살지는 않았다
천천히 스며들어 생각을 정리하고
끝은 다시 시작으로 설렌다

하늘 공장

하늘 공장은 모처럼 바쁘다
코로나로 얼어붙었던 가지마다 먼지를 털고
하얀 팝콘을 튀겨 낸다
태양과 바람의 시너지가 만들어 주는 이 무대는
찌듦을 벗은 태초의 나와 재회하는 찰나의 순간이어서
눈을 감으면
머릿속으로 날아드는 벚꽃 천만 송이
나무들은 꽃을 버리고
또다시 허공을 오른다
답답한 이곳 멀리 바라볼 곳은
높은 데만큼 좋은 곳은 없다
뒤집어 봐도
거꾸로 매달리면 그대로인데
하늘은 더 높은 허공을 낳을 뿐
끝내 만들지 못하는
당신의 꽃은 땅으로 떨어진다

함께 쓴 퀼트 시

안녕은 무한리필

초판 1쇄 발행 2021년 12월 27일

지은이 사단법인 한국문인협회 칠곡지부 시창작아카데미
펴낸이 오은지
책임편집 변홍철
펴낸곳 도서출판 한티재 등록 2010년 4월 12일 제2010-000010호
주소 42087 대구시 수성구 달구벌대로 492길 15
전화 053-743-8368 팩스 053-743-8367
전자우편 hantibooks@gmail.com 블로그 www.hantibooks.com

이 책은 2021년 경북 예술인 창작활동 준비금을 지원받아 만들었습니다.

.